© 皮皮與波西：小水窪

繪　　　圖	阿克賽爾‧薛弗勒
譯　　　者	酪梨壽司
責任編輯	倪若喬

發 行 人	劉振強
發 行 所	三民書局股份有限公司
	地址　臺北市復興北路386號
	電話　(02)25006600
	郵撥帳號　0009998-5
門 市 部	（復北店）臺北市復興北路386號
	（重南店）臺北市重慶南路一段61號

| 出版日期 | 初版四刷　2019年6月 |
| 編　　　號 | S 858111 |

行政院新聞局登記證局版臺業字第○二○○號

有著作權‧不准侵害

ISBN　978-957-14-6103-8　（精裝）

http://www.sanmin.com.tw　三民網路書店
※本書如有缺頁、破損或裝訂錯誤，請寄回本公司更換。

皮皮與波西

小水窪

阿克賽爾·薛弗勒／圖　　酪梨壽司／譯

三民書局　　nosy crow

有一天，皮皮去波西家玩。

他掛好外套，脫下雨鞋。

「我ㄨㄛˇ們ㄇㄣ˙要ㄧㄠˋ玩ㄨㄢˊ什ㄕㄣˊ麼ㄇㄜ˙呢ㄋㄜ˙?」波ㄅㄛ西ㄒㄧ問ㄨㄣˋ。

他們決定先帶寶貝
玩偶散散步。

接著，他們組了
一大圈火車軌道，
還堆了一個積木小鎮。

玩累了，他們吃個點心休息一下。

皮ㄆㄧˊ皮ㄆㄧˊ口ㄎㄡˇ好ㄏㄠˇ渴ㄎㄜˇ啊ㄚ˙！

吃完點心，皮皮和波西
玩起了扮獅子的遊戲。

他們吼得太開心，
讓皮皮忘了去尿尿。

忽然間，地板上
出現了一個
小水窪。

喔ㄛ，天ㄊㄢ啊ㄚ！

「沒關係，皮皮，」
波西說。

「大家都有不小心的時候。」

波西把她的衣服借給皮皮穿。

之後他們一起畫了好多圖。

皮皮又想尿尿了，
這次他尿在小馬桶裡。

是自己去的喔！

洗澡的時間到了。
浴缸裡有好多好多的泡泡。

太_{ㄊㄞˋ}棒_{ㄅㄤˋ}啦_{˙ㄌㄚ}！

Pip came to play at Posy's house.

He hung up his coat and took off his wellies.

"What shall we play?" said Posy.

First, they decided to take
their babies for a walk.

Next, they built a big
train track and a town.

Then they stopped for a snack.

Pip was **very** thirsty!

And they had such fun **roaring** that
Pip forgot he needed a wee.

After that, Pip and Posy
pretended to be lions.

Suddenly, there was
a little puddle
on the floor.

Oh dear!

"Never mind, Pip,"
said Posy.

"Everyone has accidents
sometimes."

Posy gave Pip some of her clothes to wear.

They spent the rest of the day
painting pictures.

And the next time Pip had to have a wee,
he did it in the potty.

All by himself.

Then it was time for a bath.
With lots of bubbles.

Hooray!

阿克賽爾・薛弗勒　Axel Scheffler

1957年出生於德國漢堡市，25歲時前往英國就讀巴斯藝術學院。他的插畫風格幽默又不失優雅，最著名的當屬《古飛樂》(Gruffalo) 系列作品，不僅榮獲英國多項繪本大獎，譯作超過40種語言，還曾改編為動畫，深受全球觀眾喜愛，是世界知名的繪本作家。薛弗勒現居英國，持續創作中。

酪梨壽司

畢業於新聞系，擔任媒體記者數年後，前往紐約攻讀企管碩士，回臺後曾任職外商公司行銷部門。婚後旅居日本東京，目前是全職媽媽兼自由撰稿人，出沒於臉書專頁「酪梨壽司」與個人部落格「酪梨壽司的日記」。